풀꽃 사랑

풀꽃 사랑
한나라 시조집

초판 인쇄 2018년 06월 10일
초판 발행 2018년 06월 15일

지은이 한나라
펴낸이 신현운
펴낸곳 연인M&B
기 획 여인화
디자인 이희정
마케팅 박한동
홍 보 정연순
등 록 2000년 3월 7일 제2-3037호
주 소 05052 서울특별시 광진구 자양로 56(자양동 680-25) 2층
전 화 (02)455-3987 팩스 (02)3437-5975
홈주소 www.yeoninmb.co.kr
이메일 yeonin7@hanmail.net

값 10,000원

ⓒ 한나라 2018 Printed in Korea

ISBN 978-89-6253-211-1 03810

풀꽃 사랑

한나라 시조집

가을비 만나기 전 무성한 풀들 사이
온몸의 생채기들 부끄런 나의 생애
딱 하나 꽃피울 희망 그대 위한 기다림

연인M&B

반갑습니다.

먼저,「수평선」이란 시조 한 편으로 마음을 열어 봅니다.

1. 바다

끝없이 바라보며 평행선 놓는 생애

저보다 더 큰 하늘 펼치는 퍼포먼스

넘치듯 출렁인 연가 그대 향해 부르다

2. 하늘

드넓은 세상 아래 언제나 쉬어 갈 곳

거울을 바라보면 내 안의 또 다른 나

푸르고 투명한 속내 가슴 열어 보인다

3. 만남

멀리서 바라보면 하나가 되었다가

가까이 다가서면 공공(空空)의 허방다리

흔들린 타원형 진동 달빛 동동 구른다

첨벙첨벙 개울을 건너고
조용히 물길을 내며 강을 건너고
이제야,
수평선 바라보며
바다 앞에 섰습니다.
파도 소리 정겹고
하늘을 향한 새들의 몸짓에
여운이 감돕니다.

  시조를 함께 공부하던 사백님들의 열정과 시조집 발간을 보면서 '언젠가 나도 내 책을 가슴에 품어 보리라…' 생각을 했었지요. 그동안 습작한 작품 300여 편 중 100편을 선별하는 동안, 한 편 한 편에 담긴 추억과 헛되지 않는 시간이 떠올랐습니다.

  시조에 입문하도록 도와주신 박미향 시인님, 지도와 격려를 아낌없이 해 주신 정유지 교수님, 함께 시조를 써 오신 등용문 사백님들, 앞서 한국시조문학진흥회를 이끌어 오신 선생님들,

  "시는 쓰고 있는 거야? 시조, 그거 어렵던데…" 안부 묻듯 관심 가져 준 가족들과 친구들, 모두모두 감사합니다. 그리고 고맙습니다. 좀 이르다 싶지만 용기를 내어 첫 페이지를 선보이게 되었습니다. 모두 건강하시고 평안한 날들 이어 가십시오. 사랑합니다.

2018년 따뜻한 5월
한나라

| 차례 |

2부

5부

6부

1부

몸 낮춰 흐르는 건
물뿐만 아니란다

햇살을 녹여내고
바람을 우려내듯

염전의
오랜 기다림
바다 빚은 알갱이
―「소금」 일부

삶

어제의 어린 연어
세상에 펼친 유영
더 넓은 바다 항해
물길을 마다 않듯
물보라 퍼덕이는 몸
닿을 듯한 수평선

쉬어 갈 어디쯤엔
그물이 도사리고
떠올라 굽어보니
무리의 힘찬 기운
은빛깔 영혼의 항해
개선장군 발걸음

동행한 형제들을
건지는 검은 손길
보고도 지나쳐야
오를 수 있는 고향
달빛을 흔드는 물살
피눈물이 번진다

원초적 몸짓으로
거슬러 오른 강가
기억의 저편처럼
풀 내음 가득하니
상처 난 몸을 숨기듯
바위틈에 안긴다

소금

몸 낮춰 흐르는 건
물뿐만 아니란다

햇살을 녹여내고
바람을 우려내듯

염전의
오랜 기다림
바다 빚은 알갱이

가냘픈 혈관 타고
흐르는 수분에도

속 깊은 사랑 농도
언제나 필요하듯

짜릿한
인생의 짠맛
풀어내는 결정체

대밭 울타리

태풍이 휩쓸고 간 황무지 십리대밭
상처에 새살 돋듯 하나둘 죽순 나니
푸르른 부활의 물결
부상하는 안식처

휘어도 옆 나무에 의지해 곧게 서고
쓰러져 뽑혔어도 한자리 차지하듯
나지막 대밭 지킴이
울타리 된 아버지

살아서 대쪽 같은 곧은 성품 이어 가고
죽어서 누군가의 바람막이 되어 주랴
댓잎이 바람에 일어
속삭이며 안긴다

* 2016년, 가을 태풍 '차바'를 겪고 새롭게 조성된 울산 십리대밭길
울타리를 보고 쓰다.

15

길상화(吉祥花)

김영한* 사랑에는 세월도 비껴가고
그녀의 마음 안엔 재물도 소용없다
백석의 시 한 구절이
자야에겐 최고라

나타샤 사랑하는 흰 눈이 나리거든
어디서 흰 당나귀 울음소리 들려온다
아마도 길상사 뒤뜰
백석과의 조우(遭遇)리

* '김영한'은 자야의 본명, '자야'는 시인 백석이 지어 준 필명, '길상화' 법
정 스님이 지어 준 법명.

16

퇴적

한시대 주름잡던
주인공 보여 주듯
쌓이고 쌓여 왔던
시간 속 경험치들
매 순간
층층의 변화
기록되어 남는다

숨죽여 갇힌 화석
파도에 깎인 상처
잘록한 허리처럼
함축된 언어 지층
숨겨진
속말의 흔적
찾아내는 지름길

단호박죽

겉껍질 푸릇해도
잘 여문 황금 속살
찬 서리 맞은 만큼
단물을 머금은 듯
탐나게 들어차 앉은
곱디고운 가을빛

햇살이 내려앉아
멍울을 풀어내듯
흰 적삼 휘날리며
속 깊이 맞춘 농도
은근히 번지는 온기
굳은 마음 녹인다

빈 들녘 담아내듯
가벼운 죽 한 그릇
봄 여름 걷어내고
가을 겨울 입혀 본다
시원한 동치미 한술
뻥 뚫리는 가슴팍

홈쇼핑

누워서 하는 선택
착한 가격 이쁜 상품
신제품 사용하면
앞서가는 사람 될까
생활 속 업그레이드
클릭하는 즐거움

밤낮도 구분 없이
날씨에 상관없이
돈 벌기 바쁜 세상
쓰기도 쉬운 세상
빈 가슴 채우는 물건
뜯지 않은 포장지

앉아서 하는 쇼핑
무감각 전성시대
틀 속에 갇힌 신상
쓰레기 따로 없다
현명한 소비의 극치
가뿐하게 기지개

3월의 짝사랑

가만히 눈길 잡던
그대의 작은 몸짓
바람의 날개 아래
조용히 떨고 있나
쏟아진 햇살 사이로
반짝이는 찬 이슬

앞서간 선배들의
우렁찬 기합 소리
선잠 깬 꽃과 나무
이맛살 찌푸리고
봄볕에 살짝 문 열 듯
노란 눈 뜬 개나리

심술 난 꽃샘추위
변덕 부려 방해하듯
맑게 갠 하늘 위로
몰고 온 황사 바람
터뜨릴 봉오리마다
몸살 앓는 상사병

진해, 사월의 환희

새벽길 달려가며
마음마저 꽃피던 곳
기차가 들어서면
환호하는 벚꽃 함성
사월의 춤추는 무희
호위 무사 경화역

물 먹은 나뭇가지
햇살 받아 틔운 웃음
조곤이 속삭이듯
벚꽃 같이 피운 사랑
로망스 다리 건너며
약속하던 입맞춤

벚꽃 길 안겨 가며
안민고개 드라이브
진해를 품은 듯한
바다처럼 넓은 가슴
사랑을 배운 꽃자리
분홍비가 나린다

동행

같은 길 걷는다고 가는 방향 똑같을까
무한한 자유의지 독특한 자기 생각
선택의 갈림길 앞에
달라지는 목적지

삽시간 통한 마음 함께한 좁은 산길
진정한 말 한마디 독려하듯 넘는 고개
꿈꾸며 원하는 세상
함께 펼칠 동반자

앞사람 꽁지 보며 뒤따라 가는 산행
정상에 올라서면 환호하는 기쁨 같듯
이끌고 부축하는 삶
험한 세상 위안길

유리

닦아서 반들반들
무엇을 보여 줄까
삶이란 보여지듯
맑고도 청아한 길
가만히 들여다보면
속절없이 빠진다

내면의 깊은 고뇌
어디에 숨은 걸까
은하수 바라보며
끌리듯 가는 시선
무리를 쫓는 작은 별
등대 되는 북극성

살 에는 북풍 한파
빈 가지 앉은 철새
허공에 펼친 나래
이상을 향해 가듯
온전히 투영된 하늘
환히 비춘 내시경

벚꽃 상념

봄기운 시샘하듯
때 아닌 꽃샘추위
가슴팍 파고드는
사모의 파도 소리
명주에 수를 놓듯이
꽃잎 되어 앉는다

눈 뜨고 놓쳐 버린
사월의 눈부신 말
감은 눈 아득하게
빨려든 몽환의 밤
연분홍 사연을 모아
흩뿌리듯 날린다

하얗게 쏟아 내는
벚꽃의 진실공방
환희를 맞는 순간
이별의 낙화유수
누군가 어깨 기대어
눈길 잡아 이끈다

장생포 고래 이야기

산업화 이루기 전 모든 게 귀한 시절
태화강 끄트머리 작은 포구 들썩인다
포획한 바다의 근육
왁자지껄 끓는다

산만한 생물 두고 무슨 생각 했던 걸까
버릴 것 하나 없는 바다의 해체작업
식자재 귀한 의약품
생산했던 주원료

시대가 요구해서 성행한 포경산업
심각한 멸종위기 힘 모아 모면했듯
장생포 모여든 열기
고래 군무 펼친다

한국계 귀신고래 사람과 교감하듯
거울에 비친 모습 스스로 알아본다
끝없는 고래 방생기
인간의 꿈 이룰까

풀꽃 사랑

세상에 태어나서
여러 번 피고 졌지
무심히 지나치듯
머물지 못한 눈길
풀섶에 가려진 얼굴
햇살 따라 떠날까

가을비 만나기 전
무성한 풀들 사이
온몸의 생채기들
부끄런 나의 생애
딱 하나 꽃피울 희망
그대 위한 기다림

가녀린 고개 숙여
가만히 눈 맞출 때
숨통이 멎을 듯한
황홀한 바람 한 점
가슴에 영혼을 담아
새겨지는 별 하나

산

바라만 보노라면 눈 안의 풍경인데
한 발 더 다가서면 미지의 세계인 듯
운무 속 가려진 얼굴
미소 품은 돌부처

능선을 따라가듯 햇살이 눈부시다
감탄사 떨군 운치 산마루 차고 올라
시간이 멈춰진 세상
무릉도원 아닐까

봉우리 지긋 밟고 꿈꾸던 높은 콧대
정상에 올라서면 세상을 다 가진 듯
무심코 외친 심 봤다
먹구름을 불렀나

2부

깊숙이 숨겨 놓은
알싸한 맛을 찾아
되묻고 되새기는
참선의 일과처럼
매서운 코끝의 조우
속내마저 아린다
–「양파의 속정」 일부

편지

빗방울 떨어지며
가슴을 두드린 날

그대의 긴 안부가
어깨에 내려앉아

삽시간 가슴 저리듯
속삭이는 목소리

두 눈에 담아 두고
보고만 싶은 마음

쓰다 만 쪽빛 사연
다시 또 부른 이름

그리움 쌓이는 자리
깊어 가는 싸락비

돌탑

어떤 이 소원 위에
내 소망 얹어 보니
쌓인 돌 사이사이
숨 쉬던 희망들이
한 줄기
동아줄 감듯
햇살 타고 오른다

주춧돌 자리잡은
무게와 같은 포부
받침돌 틈을 메워
흔들림 잡아내면
하늘을
향해 솟은 꿈
별이 되어 안길까

빙어, 겨울의 웃음

심해가 고향이던
조상의 기를 받아
맑고도 차가운 물
만나야 나의 세상
은빛의 겨울을 닮아
투명하게 빛난다

호수 속 달빛 따라
사계를 건져내듯
암막이 드리워진
영화가 상영되면
미친 듯 몰입된 장면
낚아 올린 은빙어

얼음벽 사이사이
사람들 웃음소리
덩달아 신난 무리
군무로 화답하듯
곤쟁이 바늘을 꿰차
구경하러 나온다

* 곤쟁이: 작은 새우처럼 생긴 플랑크톤(빙어 미끼).

태화강 갈대

해거름 바쁜 하루
온종일 강에 앉아
흐르는 구름 잡고
하소연 늘어놓듯
함께한 하늬바람도
한 몸으로 춤춘다

빈속의 울음 참고
흐느껴 달린 들판
황량한 가슴 안의
사연을 쏟아 내듯
고독을 이겨 낸 토로
품어 안는 큰 바다

둥지를 찾는 몸짓
등 뒤의 철새 군단
노을을 붉게 지펴
군무로 화답하듯
꿈꾸는 물결을 담아
엉긴 뿌리 꼭 쥔다

양파의 속정

흙 속의 기를 받아
커 가는 작은 우주
던져진 화두 두고
다다른 골목 끝에
닫힌 듯 열린 하얀 문
망설이며 섰는가

깊숙이 숨겨 놓은
알싸한 맛을 찾아
되묻고 되새기는
참선의 일과처럼
매서운 코끝의 조우
속내마저 아린다

특유의 매운맛이
눈물샘 자극해도
물오른 뽀얀 속살
아삭이 씹혀 오듯
익으면 달짝지근한
연정처럼 정겹다

전투화
―군화에 대한 단상

시대의 조화(造化)런가
타고 난 흐름인가
아버지 터진 손등
전쟁통 벗어나고
초소를 타고 온 바람
낡은 군화 시리다

한 번씩 꺼내 보는
신발장 한 귀퉁이
I.M.F 경제파동
산업전사 따로 있나
청춘을 누볐던 주역
고스란히 잠잔다

멈춰진 세상인 듯
'동작 그만' 힘겨워도
국방부 시계처럼
흐르긴 매한가지
아들의 지혜로운 삶
예비착용 군 생활

붉은 불개미

인간의 무차별적
난개발 세포분열
신천지 찾아 나선
남미산 개미군단
어디에 터를 잡을까
인간세계 접속 중

공룡에 짓밟혀도
살아난 강한 생명
치명적 독을 품고
신세계 찾는 걸까
변화 속 생존의 본능
살기 위한 몸부림

콜로니* 이룬 군락
비밀병기 제조되듯
숨 숙여 뻗어나가
지하세계 구축한다
방심의 조그만 불씨
초가삼간 태울까

* 콜로니: 여러 개체들이 모여 하나의 생물체처럼 이룬 집단.

문신

무엇을 약속하여
깊게 새긴 증표인가
어떠한 아픔으로
머릿속 기억될까
바늘로 찌르는 고통
살갗 속을 흐른다

한눈에 들어오는
자신의 표식인 듯
선명한 그림 넣어
담아낸 내 안의 나
새기면 지우기 힘든
주홍글씨 남는다

터치, 스마트폰

어둠이 삽시간에
뒷걸음 치는 새벽
조그만 두 개의 창
접속해 여는 하루
산 너머 붉은빛 여명
희망 실어 나른다

별빛들 잠든 사이
무슨 일 일어났나
손가락 터치 한번
열리는 비밀의 방
쉽게도 넘나든 파도
쏟아지는 정보통

보이는 세상 안에
갇히는 요즘 세대
맞잡은 손끝에서
온기가 전해지듯
창 열고 마주한 세상
소통의 길 걷는다

석굴암

토함산 중턱에서
바라본 동해 일출
깨달음 찾아오듯
어둠은 밝아오고
본존불 온화한 미소
자비 되어 번진다

화강암 삼백여 개
조합해 만든 석굴
하늘 땅 형상하여
부처로 앉은 세계
완벽한 불국의 정토
이뤄내는 일출기

서라벌 하나 되어
빚어낸 최고 걸작
신라인 염원 담아
피어난 천년 불심
웅장한 대웅전 입구
닦을수록 윤난다

목련 연서

애타던
마른 가슴
타고 돌아
하얀 멍울

소담한
사랑 품고
백조처럼
눈뜬 아침

밤새워
쓰고 쓴 편지
전하지도
못한 맘

수안보 벚꽃

며칠을 밤낮으로
입 맞추어 연습한 듯

연분홍 가지 위로
퍼져 가는 봄의 노래

석문천 타고 노닐 듯
흥에 겨운 수안보

뱁새

가볍게 날아올라 갈대에 앉아서도
흔들림 하나 없이 중심을 잡고 서서
먼 곳에 시선을 두고
파란 하늘 흔든다

황새와 무슨 비교 가는 길 다르듯이
포르르 가뿐하게 허공을 집는 나래
못 갈 곳 어디 있더냐
종종걸음 누빈다

풀 이삭 씨앗 먹고 이슬만 마시고도
덤불 속 거미줄에 새 둥지 트는구나
햇살이 쏟아진 자리
불어 노는 휘파람

선물
-추억

머릿속 작은 방에 그대가 이사 온 날
날마다 부산스런 인기척 들려오듯
문 밖을 맴돈 그림자
눈 안에서 헛바퀴

심장의 줄기 따라 움트는 꽃봉오리
향기로 피어날까 열매로 익어 갈까
코끝에 버들강아지
간질이던 봄바람

함께한 기억 속에 무엇을 쟁였을까
우리만 아는 얘기 가슴에 숨긴 보물
아무리 퍼내고 퍼도
솟아나는 추억 샘

3부

힘들면 쉬어 가라 숲속의 작은 쉼터
주위를 둘러보며 어울려 사는 재미

－「그루터기」 일부

사각지대

똑같은 주행속도
나란히 달리지만
백미러 안 잡히는
도로 위 무풍지대
한 번 더 곁눈질하며
차선변경 순차적

네비의 관측범위
벗어난 특수상황
운전자 위치 따라
확인된 제3의 눈
무심히 지나친 주행
대형사고 신호탄

손잡고 가는 꽃길
함께라 즐겁지만
보이지 않는 진창
헛디뎌 넘어지듯
무너진 중심을 잡아
다시 서는 발걸음

이순신 대교

하늘과 바다 사이
평행선 그어 놓듯
광양시 금호동과
여수시 묘도 잇는
웅장한 이순신 대교
푸른 바다 전망대

현수교* 주탑 높이
세계 최대 270m
이순신 탄신년도
1545 主徑間長**
해수면 상판까지는
평균 높이 80m

최첨단 토목기술
지진 대비 내진 설계
순수한 우리 기술
철 골재 하프 다리
충무공 지켜 낸 바다
산업단지 이끈다

* 현수교: 주탑과 주탑의 케이블을 연결하여 쇠줄을 늘어뜨려 다리
상판을 매다는 방식의 교량 형태.
** 주경간장(主徑間長): 주탑과 주탑 사이의 거리 1545m, 이순신 탄신
년도 1545년.

벚나무 사계

1. 봄

봄비가 남긴 여운
햇살이 감긴 자리
희망의 별이 솟듯
터지는 꽃봉오리
고고한 가슴을 열고
달빛 속을 거닌다

2. 여름

초록을 태운 열기
잎새 끝 말라 가듯
속 깊이 품지 못해
눈가에 맺힌 눈물
가뭄에 타들던 온몸
소나기에 적시다

3. 가을

높아진 하늘만큼
속마음 깊어지고
강풍에 꺾인 가지
갈바람 얼러 주듯
빈자리 물들인 가슴
붉게 붉게 또 운다

4. 겨울

숨차게 달린 계절
내실을 다질 시간
수축한 근육 이완
움츠려 멀리 뛰듯
헐벗어 드러낸 알몸
코끝마저 쩡하다

그루터기

이제는 필요 없다
잘려진 몸뚱아리
살다 간 흔적 하나
남기고 숨죽인 밤
나이테 훤히 보이며
들려주는 이야기

좁은 곳 얼기설기
차지한 남의 자리
뻗어 간 젊은 혈기
엉겨진 매듭처럼
잘라야 맺어진 인연
둔치처럼 머문다

힘들면 쉬어 가라
숲속의 작은 쉼터
주위를 둘러보며
어울려 사는 재미
시간 속 멈춰진 영상
조곤조곤 풀린다

요양병원

뜬구름 잡으면서
종종걸음 다녔구나
멈추어 하늘 보니
천지개벽 여전한데
눈떴다 감은 몇 번에
내려앉은 서릿발

거대한 몸집 가진
세상과 씨름 한판
자신의 인생역정
부풀린 자전 소설
추임새 넣는 구경꾼
침대 위의 흑기사

한평생 추억마저
가물한 쇠한 기력
정체성 찾은 자리
재생된 아기 웃음
생애의 마지막 휴가
마음 편히 맞는다

나무와 비

들판에 홀로 서서
누군가 기다린 날
똑똑똑 닫힌 마음
열다가 지친 그대
밤새워 애절한 기척
젖어드는 너와 나

빗속의 세레나데
마른 껍질 타고 들어
새 생명 잉태한 듯
꽃과 잎 피워 낸다
우뚝 서 마주한 하늘
기다림 속 상봉장

버석한 마음 한쪽
촉촉이 다독이며
온몸을 감싸 안고
함께한 눈물바다
정겹게 주고 간 사랑
가뭄 속에 피는 꽃

세한도

때맞춰 피고 지는
화촉도 생생한데
한겨울 소나무와
잣나무 향기 따라
외로운 창문 사이로
들어오는 푸른 빛

찬 서리 내려앉아
고요만 흐르는데
우수수 떨친 빈 몸
안개가 살아나듯
수묵의 절제된 기운
화선지에 물든다

찬 바람 불어와도
늘 푸른 사철나무
추사의 필봉 담긴
묵선을 칭송하듯
선비의 드높은 절개
보여 주는 동양화

사랑, 고비사막

은하수 흘러가다
심중에 떨어진 별
만물이 소생하듯
세포가 깨어나고
가만히 홀로 웃는 날
오아시스 무지개

매캐한 모래폭풍
달콤히 음미하고
아릿한 상처마저
미소로 변해 가듯
이성을 잠식한 심장
누굴 위해 뛰는가

몽고풍 사막 부는
건조한 돌출바람
시련을 예고해도
떠오른 일출처럼
가슴에 콕 박힌 태양
낙타 눈썹 그린다

담쟁이

한여름 푸른 혈기 무성한 잎새 달고
담벼락 여기저기 못 오를 곳 없는 형국
어디든 손만 뻗으면
닿을 듯한 내 세상

그 가을 지척 두고 넘지 못해 돌아선 맘
성벽을 우회하며 발만 동동 애가 탔다
하나둘 생기를 잃듯
떨어져 간 연서들

겨우내 벌거벗고 숨죽이며 머문 자리
봄바람 타고 앉아 또다시 넘는 곳에
잠자던 본능을 깨워
심장 소리 키운다

고사목(枯死木)

하늘을 향한 가지
찬 바람 쇠한 기력
희미한 기억 안고
망각의 강 건너가듯
머물다
흐르는 바람
지켜보는 망부석

흥건히 적셔진 발
바싹 마른 입 언저리
봄바람 간들간들
꼬리 치듯 유혹해도
지긋이
두 눈 감고서
목이 메는 속울음

계절을 타고 놀 듯
흥겹던 강강술래
산과 들 지킨 자리
이제는 떠나야지
흙으로
되돌아가는
구름 같은 인생사

숲

멀리서 바라보면
초록빛 꿈의 향연
가까이 다가서면
쉬어 갈 안락의 집
치열한
생명의 기운
수런대는 햇살들

나뭇잎 사이사이
하늘과 닿는 시간
잃었던 마음의 눈
버렸던 나를 찾아
멈추면
보이는 세상
반짝이는 반딧불

뱀사골 석청

태곳적 간직해 온
신비의 명약인가
지리산 깊은 계곡
토종벌 보물창고
숨겨진 천국의 계단
쥐도 새도 모른다

계절이 바뀔수록
황금빛 삶의 터전
한겨울 고산 추위
끄떡없는 비밀도시
들꽃의 풋풋한 향기
담아 놓은 엑기스

일생의 노동으로
지어온 값진 대가
불로초 산삼처럼
영험한 산의 명품
자연 속 천연치료제
바위틈에 꽃핀다

연탄 백 장

광에는 연탄 백 장 쌀통엔 쌀 한 가마
장독대 마당 한쪽 고추장 간장 된장
묵은지 익어 가는 밤
겨울마저 익는다

밥 짓는 냄새 안고 담 넘던 애들 이름
배고픈 참새 새끼 올망졸망 입 벌리듯
하루해 저물어 가면
모여 앉던 구들장

아랫목 이불 속엔 아버지 밥 한 그릇
부뚜막 온기 속에 동태 양말 녹아들 듯
한기로 굳었던 마음
은근하게 데운다

찹쌀떡 외쳐 대던 골목길 밤참 장수
아랫목 쩔쩔 끓던 할머니 이부자리
담요 속 맞닿은 발이
자장가를 부른다

아들은 상남자
-육군훈련소 수료식

엉덩이 토닥토닥 심안의 불 밝히고
눈코입 어루만져 긴장을 녹여내고
간만에 마주한 어깨
심장 소리 뜨겁다

상남자 운운하던 스무 살 젊은 패기
자다가 근무 서며 바라본 동기 얼굴
별마다 새겨진 이름
불러내던 밤하늘

각 잡힌 군복 보듯 소소한 부대 생활
자유의 생활보단 명령에 길들여진
군인의 자세 읊으며
호국 의지 키운다

아이를 키우면서 부모도 성장하듯
아들의 거수경례 차원이 다른 세상
든든한 국가의 표상
사랑한다 아들아

분재

수려한 한 폭 산수
화지에 담아내듯
세월을 안은 고목
화분에 옮긴 걸까
정상에 앉아 있는 듯
꿈을 꾸는 푸른 솔

가지 끝 모양내고
잔뿌리 잘라 내어
커지는 욕심마저
향기로 품어내듯
인고로 견뎌 온 별빛
그윽하게 안긴다

꽃나무 다듬으며
정성을 다한 손길
움트는 기품의 멋
볼수록 장관이듯
가만히 방 안에 앉아
조우하는 상현달

4부

얼마나 흔들려야 방황을 멈출 건가
깃발을 나부끼는 미세한 바람의 손
–「사랑의 저울」 일부

생선 가시

언제 적 일이던가
얽히고 설킨 사연
가슴속 멍울처럼
목구멍 걸친 가시
마른침 삼킬 때마다
찢어지게 아프다

켁켁켁 구역질에
눈물도 찔끔찔끔
아직도 의기소침
눈동자 충혈되고
얼떨결 뱉은 재채기
쑥 빠지는 큰 가시

태풍, 단상기

비 올 때 옷 젖는 건 당연한 이치이듯
늦가을 높은 하늘 볼수록 청아하다
무심히 때아닌 계절
태풍 맞는 혼란기

생성된 수직 구름 여론을 형성하듯
잰걸음 잦은걸음 휩쓸려 키운 부피
꺾여진 태풍의 진로
육지 향해 달린다

걸어둔 문짝마저 젖히는 거센 바람
퍼붓는 장대비에 아득히 갇힌 신세
궁지에 몰린 쥐처럼
접어드는 골목길

불어난 계곡물에 실어 낸 근심 덩이
부러진 나무 사이 보이는 파란 하늘
움켜쥔 주먹 펼쳐야
내려앉는 잔 햇살

만추(晚秋)

우수수 무너지며
제 소명 다한 잎새
바람의 흥을 타고
엉긴 살 풀어내듯
미명을 안고 돌아서
멍이 드는 속살들

활활활 타올라도
보이지 못한 속내
애타듯 바싹 말라
가볍게 부서진다
떨치며 보이는 창공
길을 내는 작은 새

산 넘어 가는 낙조
검붉게 사라지듯
귓전을 맴돌다 간
사랑의 숱한 밀어
빈 들녘 남겨진 이름
불러들여 앉힌다

대숲의 비밀

죽순의 푸른 잎새
쭉 뻗어 오른 마디
잔잔한 하늘 위로
풍랑을 불러왔나
태화강 댓잎의 노래
폭풍 속의 정거장

아무도 몰라주는
성장의 아픔처럼
활시위 당겨지듯
팽팽한 전율 속의
설움에 겨운 흐느낌
땅속뿌리 뻗는다

들끓는 바람 따라
사라진 별빛 영혼
드리운 새벽 사이
햇살을 펼치고서
음이온 뿜어낸 세상
재생되는 에너지

가을 수안보

충주호 벗을 삼아
미륵사 넘는 장끼
번지는 달빛 풀어
산천을 수놓듯이
석문천
퍼지는 온기
피어나는 안개꽃

살갗을 파고드는
찬바람 거세지면
온몸을 감싸 안고
닫힌 맘 열던 자리
회색빛
하늘을 향해
솟아나는 용천수

잡초

농부가 매어 놓은
밭이랑 내려앉아
뿌리를 뻗는 순간
잡초로 분류돼도
나 죽어 거름 되기를
염원했던 한 포기

들판을 가로질러
풀밭에 앉을수록
콧대가 높아지듯
찌르는 야생 향기
밟히고 다시 밟혀도
일어서는 자존심

공사 중

오래된 폐습처럼
흉터로 남은 상처
불안을 등에 메고
비켜만 갔던 자리
과감히 막아선 팻말
어떤 모습 갖출까

둘러친 장막 속엔
갈변한 묵은 얼룩
처음의 위용 갖듯
당당한 모습 될까
틈으로 보여진 현장
어지러운 흙먼지

끊어진 보도블록
우회의 비상통로
주위의 불편함쯤
완성 후 보상되듯
눈앞에 안내된 길목
안전제일 부른다

슈퍼마켓

없는 게 무엇일까
우리 동네 만물상회
애어른 할 것 없이
필요한 게 많은 세상
생필품 급히 찾으면
진열대에 다 있다

걸음마 배운 아기
아장아장 들어서고
퇴근길 소주 한 병
고단함 물러서듯
가벼운 지갑 열고서
무거워진 두 어깨

목 탈 때 생수 한 병
배고파 라면 한 봉
씻을 때 비누 한 장
시간 나 커피 한 잔
살아갈 공존의 현장
돌고 도는 정거장

조카의 병영식당

밥투정 웬 말이냐
꿀맛이 따로 없다
훈련병 식사 시간
미소로 표정 관리
음식 앞 유일한 본능
삼초 만에 삼킨다

훈련소 신병 수료
면회 올 날 손꼽으며
손글씨 꾹꾹 눌러
안부 물어 전해 온 말
삼겹살 한 점 먹으면
다른 소원 없겠다

구릿빛 얼굴색엔
군것질 사라지고
물렁한 살점 대신
자리 잡은 탄탄 근육
움직임 뒤의 밥 한 끼
소중함을 배운다

사랑의 저울

얼마나 흔들려야
방황을 멈출 건가
깃발을 나부끼는
미세한 바람의 손
바다 위 작은 돛단배
아슬아슬 떠 있다

근심을 담은 얼굴
가슴은 천근만근
잠깐의 너털웃음
평정심 깃을 틀 듯
애정은 눈빛 하나로
시작되는 저울질

상황에 따른 변화
기울기 여러 차례
더하고 덜어내며
수평선 찾는 타협
올려진 중심추 하나
그대 향한 내 마음

옹달샘

자신의 생명 같은
젖가슴 내어놓고
언제나 다녀가길
기다린 어미 마음
안에서
샘솟는 사랑
끝이 없는 물줄기

돌팔매 물수제비
가슴팍 헤집어도
가뭄 속 목마름을
해갈할 그대 품속
언제나
같은 그 자리
쉬어 가란 안식처

봄의 신호

익숙한 건조함에
지쳐 있던 마른 가지
처연(凄然)한 바람 속에
갈증 푸는 공기마저
단숨에 품어 버리는
마술 같은 손사위

귓속말 소곤소곤
한쪽 눈 뜨게 하고
팔다리 조물조물
앉을 자세 채비하듯
촉촉이 스며든 빗물
간질간질 비게질

새살이 돋아나고
묵은 각질 벗겨 내듯
마중물 한 바가지
끌어올린 초록 생기
너만이 할 수 있는 일
반갑구나 봄비야

석탄

한시대 주름잡던
지상 위 생의 흔적
우주의 어떤 힘이
바다와 땅 움직였나
물 밑에 퇴적된 식물
세월 속에 누웠다

빛 되어 타오를 날
꿈꾸던 땅속 세상
기다린 시간만큼
까맣게 변한 암석
뜨겁게 내어준 가슴
불타오른 에너지

시대에 따른 요구
환경오염 딱지 떼듯
신재생 에너지로
액화가스 무한변신
전 세계 어디에서든
빛이 되어 오른다

늙은 호박

이슬로 목욕하고
줄기로 그네 탄다

흙 속에 맡긴 뿌리
눈감고 단전호흡

누렇게 떠가는 얼굴
노심초사하는가

단단한 껍질 안에
살굿빛 옅은 향기

엉킨 듯 맺힌 씨앗
조용히 눈을 뜨면

여름내 참았던 말문
쏟아내는 사연들

들꽃

누군가 속 뒤집듯
객토한 길 위에서
왜 이리 안절부절
조바심 타는 건가
양지 녘 앉아 있는 너
눈 맞추며 웃는다

두려움 앞에 서면
일어나 쫓아오고
졸린 눈 깜박이면
느리게 멈춰서는
얼레로 감았다 풀 듯
들녘 끝을 눕는다

계절이 바뀌어도
떠나지 못한 걸음
뿌리에 스민 햇살
단숨에 차고 올라
하늘을 바라본 눈빛
휘날리는 풀향기

5부

점점이 솟아오른
허망한 욕심들이
하나둘 내려앉아
켜켜이 쌓여 있나
－「먼지」 일부

먼지

점점이 솟아오른
허망한 욕심들이
하나둘 내려앉아
켜켜이 쌓여 있나
불어도 날리지 않는
습관적인 처세술

화장대 전세 내어
자리한 달력 안을
어쩌다 궁금하여
세어 본 날짜 절반
아쉽게 황사 마스크
쓰고 다닌 골목길

웃음 뒤 좋은 기억
가뿐히 비워 내고
숨죽인 슬픈 시간
둔탁히 두들기듯
홀홀홀 묵었던 먼지
털어내며 봄맞이

한파주의보

올겨울 최강한파
기상청 일기예보
주춤한 경기 위에
찬물을 끼얹듯이
동장군 시퍼런 기세
서슬 풀어 앉는다

한겨울 지배하는
길 위의 체감온도
사람들 종종걸음
가다듬는 옷매무새
불경기 움츠린 가슴
파고드는 찬바람

드러난 아픈 상처
동파되어 흩어지면
구멍 난 방풍 벽에
봄바람 들어설까
거꾸로 달린 고드름
미풍 속에 녹는다

한려수도

한산도 비추는 달 여수에 이르도록
이순신 깊은 시름 삼백 리 물길 타고
애간장 녹이는 물살 넘나드는 흰 구름

백로가 날아들어 번식한 청정 해역
해금강 층암절벽 만물상 새겨 놓은
일본군 전멸시킨 섬 한산대첩 전승지

남해의 기암괴석 금산을 에워싸고
노송이 어우러진 상주의 은모래길
충무공 전사한 자리 노량해전 앞바다

시누대 만든 화살 임진란 기억하듯
육지와 방파제로 이어진 오동도엔
최초의 수군연병장 동백나무 꽃핀다

무심히 오고가는 석양 속 범선 두 척
섬과 섬 이어 주며 어둠 속 사라진다
곳곳에 남은 유적지 역사 속의 체험장

해돋이

눈처럼 소리 없이
다가온 새로운 날
익숙한 발걸음에
첫새벽 선잠 깨듯
조용히 어둠을 걷어
동백꽃을 피울까

산 너머 바다 위로
뻗치는 힘찬 기운
영화 속 배경처럼
황홀한 일출 따라
붉은 기 쏟아 낸 아침
기상하는 초병들

눈으로 삼킨 태양
가슴속 자란 불씨
그리움 붉히면서
열정을 꽃피우듯
복수초 향기 그리며
봄을 긷는 전령사

몽유도원도

분분히 날리우는
복사꽃 걷는 세상
복잡한 현실 딛고
이상향 꿈꾸는가
비해당* 펼치고팠던
지상낙원 도원동

낮은 산 둘러싸여
길 찾기 어려워도
높은 곳 올라서면
한눈에 들어오듯
꿈꾸며 거니는 신선
구름 받친 바위산

안평의 발문 아래
투영된 산 그림자
안견의 붓끝에서
꽃피운 무릉도원
당대의 문사들 찬시
이상 구현 최고작

* 비해당: 안평대군의 호.

고엽(枯葉)

달고도 쓴 하루해
봄여름 가을 지나

숭숭숭 마른 가슴
멈추지 않는 바람

일생의 마지막 비행
그대 눈에 밟힌다

입춘(立春)

겨우내 잠잠하던
땅 기운 들썩이듯
무채색 산과 들이
봄소식에 뒤척인다
잡목숲 관절을 펴며
들이키는 심호흡

햇살을 감아 타고
봄바람 신이 난 듯
설화 속 여기저기
휘젓고 길을 낸다
살짝이 눈 뜨던 새순
깜짝 놀란 참새 떼

동장군 돌아보며
지긋이 미소 짓듯
청명한 하늘 아래
입김이 서린 창가
길하고 경사스런 일
축원하는 대문 앞

불꽃놀이

함께한 많은 시간
돌아본 순간까지
바닷가 밤하늘에
쏘아 올린 폭죽처럼
허공에 피어나던 꽃
환희 되어 반긴다

계절과 관계없이
어둠을 밝히던 꿈
힘차게 날아올라
가슴 열고 사라지듯
불꽃 된 애틋한 마음
연줄 같이 감긴다

세상사 요란하면
하늘 보고 묻는 안부
언제나 뛰는 가슴
달려와 손짓하고
내 마음 잊지 말아라
울려 퍼진 목소리

탑

단단한 터를 찾아
다져진 지반 위에

소망을 담은 염원
세월을 안고 가듯

세상에
세우는 고행
중생 위한 불제자

6부

시대를 막론하고
지도자가 바꾼 세상
일신의 안위 버린
후세들을 위한 선택
－「영웅」 일부

호수

물비늘 반짝반짝
미리내 머무를 때
밤마다 윤기 나는
별빛을 건져내면
먼먼 산 내려와 앉고
홀로 우는 돌단풍

운무 속 해를 품고
가을을 따라간다
저절로 길을 내는
파문의 깊이만큼
속 앓는 고난의 행군
빛이 되란 뜻일까

눈앞에 놓여 있는
선명한 거울처럼
세상을 향해 가는
비상구 통로인 걸
은연중 발길 멈춘 곳
뿌리내린 별 무리

촛불

심란한 마음으로
불 켜는 정적의 밤
엉켜진 실타래에
떨어진 굵은 눈물
녹여서
비우는 가슴
떨궈 내는 상념들

미풍의 속삭임에
춤추는 불꽃마냥
가벼운 마음들이
소리 내 들썩이듯
머리에
불꽃을 이고
타고 있는 어머니

해안초소

한눈에 들어오는
수평선 깊은 유혹
피 끓는 청춘들의
푸른 맘 다독이듯
바닷속 헤엄치는 별
건져 내는 해안선

칠흑의 정적 속에
미풍의 온기마저
매서운 눈초리로
경계선 지킨 자리
안개 속 미상의 물체
잡아내는 TOD*

한여름 기상 악화
태풍이 불어와도
비바람 견뎌 내며
지켜 낼 마지노선
서 있는 한 평의 영토
초병들의 근무지

* TOD(Thermal Observation Device) 열영상장비: 생물과 물체의 적외선
을 감지하여 영상 정보로 변환하는 장비로 주로 감시, 정찰 등의 군사적 목
적으로 사용된다.

독도

하늘을 지붕 삼고
바다를 이불 삼아
동해에 뜨는 태양
달려가 마중하듯
눈 비벼 분주한 아침
희망으로 감쌀까

태평양 바라보며
꿈꾸는 푸른 항해
격랑의 파도 소리
은은히 잠재우고
당당한 만선의 깃발
반겨 주는 수호신

심오한 망망대해
열정의 마도로스
커다란 바다 품은
눈부신 수부인가
어깨 위 갈매기 앉아
편지 한 장 읊는다

덕혜옹주

고종의 막둥이로 황실의 귀염둥이
망국의 설움 안고 강제로 떠난 유학
황족인 그녀의 멍에
어느 누가 알려나

조선의 정신 혼을 말살한 문화정치
마음껏 물 한 모금 마실 수 없는 정국
조선의 마지막 황녀
정략결혼 희생양

광복의 날이 와도 조국은 출입거부
그립고 애달파서 정신줄 놓았도다
묵은 한 풀어질 그날
토해 내는 응어리

육백 년 이어져 온 역사의 맥박 소리
그토록 그리웠던 내 조국 대한민국
말년에 낙선재 뒤뜰
거닐다가 잠들다

독도는 우리 땅

호랑이 죽어설랑 가죽을 남기듯이
사람은 죽어설랑 명(名) 석 자 남긴다지
역사는 흐르고 흘러
기록되어 남는다

깨물어 열 손가락 안 아픈 손 있더냐
구설수 오른 자식 유난히 애처롭다
국민의 부모 된 마음
애정 어린 관심사

경계를 알 수 없는 시퍼런 동해 바다
파도와 맞선 돌섬 최전방 특수용병
대한의 영해와 영공
지켜 내는 수호자

영웅

시대를 막론하고
지도자가 바꾼 세상
일신의 안위 버린
후세들을 위한 선택
큰사람 깊은 속뜻은
잣대 되어 남는다

자신의 위치 망각
이기심에 눈먼 사람
붙잡은 부귀영화
언제까지 갈 것인가
그릇된 선택 앞에서
위협당한 흑역사

눈앞의 난세 평정
힘과 술책 가능하나
급물살 소용돌이
잠재우는 거대한 힘
민중의 진정성 담아
행동 옮긴 이타심

간도

김일성 독재 왕조
반기 든 반공 교육
땅굴에 목숨 걸고
간첩을 남파할 때
할머니
간도 이야기
전설 같던 체험담

삼촌을 둘러업고
한 열흘 기차 타면
불모의 만주 벌판
눈물의 부모 상봉
새로운
희망의 농토
일궈 가던 우리 땅

젊은이 기피 업종
내딛는 기간산업
민족이 하나 되어
달리는 통일 열차
잃었던
역사 속 고토
기억하라 동토여

손금 항해

아직도 꿈틀꿈틀 간질간질 오글오글
실핏줄 타고 돌 듯 쥐어 보지 못한 바다
손바닥 돛을 펴고서
꿈을 향해 달린다

허망한 욕심들이 손톱처럼 자라나도
움켜만 쥐고서는 아무 일도 할 수 없듯
펼쳐서 담는 한주먹
깎여지는 높은 섬

손등에 입혀지는 거죽같이 질긴 무게
흉터로 찍힌 낙인 굵어진 마디마디
걸어온 삶의 축소판
훈장 같은 지름길

독도 새우

동해로 뜨는 태양 깊은 바다 물들였나
심해의 고요 가득 탱글탱글 키운 살점
붉은빛 껍질 안 세상
누구에게 보일까

차고도 깊은 바다 최고의 맛 지켜 내듯
우뚝 선 독도 아래 붉은 초병 기상한다
울릉도 바다에 핀 꽃
절정 속에 꽉 찬 알

망부석 발끝 아래 굴곡 따라 넘나들며
애국심 담아내듯 톡톡 튀는 나라 사랑
맛으로 전하는 진언(進言)
독도 위한 대변가

부표

시간이 멈춰진 듯
망망대해 홀로인 배
하늘의 태양만이
나침반이 되는 시간
잔잔한 파도를 타고
목적지로 향한다

달려가 안기고픈
흙과 사람 육지 내음
눈빛은 고향 마을
바닷가를 거니는데
무인도 같은 이정표
돌아치듯 손사래

여울목 지나치다
암초 손 벗어나고
앞서간 누군가의
경험에서 오는 이력
보이지 않는 바다 밑
솟아오른 봉수대

바람

눈에는 안 보여도
인기척 하는 걸까

눈 감고 느껴지는
손길이 정다운 걸

살포시
숲길을 건너
잠 깨우는 달음질

거만한 수양버들
간지럼 태운 후에

억새 뒤 숨었다가
어깨를 들썩이며

갑자기
감싸는 포옹
소리 높여 웃는다

영화 '1987'을 보고
—1987년 고1의 눈으로

담 하나 사이 두고 동아대 부산여고
대학교 광장에서 울리던 연일 함성
박종철 고문치사로
민주항쟁 도화선

화염병 터지면서 잔디밭 불이 붙고
최루탄 날아들어 눈물 콧물 단축 수업
뒷골목 대기 중 전경
바삐 먹던 주먹밥

반민주 군사정권 부당한 권력 행사
자기 일 몰두하던 민초들 날 선 항거
부조리 체육관 선거
호헌 폐지 외쳤다

수업 중 정치 얘기 학부모 항의하고
불의를 향한 분노 대학생 거센 투쟁
직장인 넥타이 부대
퇴근 후엔 한마음

급속한 경제성장 국제적 지위 상승
올림픽 앞둔 시기 민감한 정치 화두
범국민 민주화 열기
6월 항쟁 대성공

대통령 직선제로 미래를 위한 선택
닫혔던 문을 열어 변화를 가져왔다
민주화 선봉의 주력
1987 주인공

마임

잊혀진 단어들을
몸으로 표현하듯
수화로 전달되는
감성의 상실 시대
관객과
한 몸이 되어
주고받는 이미지

소리가 없는 동작
울림에 집중하며
손끝을 타는 선율
터지는 꽃봉오리
피어난
무언의 교감
마주하며 웃는다

7부

비운다

강물에 쓸려

희석되는 그리움
-「비 온다」 일부

인연
―억새꽃

빗방울 스며들어
바다로 향한 여정
시간이 멈춰지면
추억 안 꽃이 필까
스치듯 연모의 눈빛
던지고 간 갈바람

각인된 기억 속에
계절은 왔다 가고
현재는 찰나 속에
옛 얘기 끌어내듯
손 타고 흐르는 전류
깜박대던 주마등

서늘한 바람 따라
떠돌던 가을 들판
발걸음 멈춰 서서
돌아본 높은 하늘
해 저녁 노을진 웃음
물들이는 수평선

충주댐

자연 속 천재지변
인류의 최대과제
산업의 가속화로
다목적 물의 이용
남한강 흐른 물줄기
바다 향해 가는 길

역경을 극복하고
삶의 수위 조절하듯
인간은 하늘 아래
만물의 영장인가
자연을 움직이는 힘
진흙 쌓은 걸작품

빼어난 주변 풍광
전설을 얘기하듯
호반 위 수를 놓는
사계절 담은 물빛
거대한 내륙의 바다
비경 푸는 충주호

비 온다

비 온다 저 산 너머
회색 구름 몰려와서
비 운다 못다 한 말
가슴 한편 멍이 되어
비운다
강물에 쓸려
희석되는 그리움

물비늘 반짝이면
나 웃는 듯 보라시던
평생을 멀리 두고
살아가는 다정한 임
민들레
웃자란 연유
가르쳐 준 강바람

비 온다 치맛자락
나부끼는 바람 안고
비 운다 흔들리는
그대 마음 알아채듯
비운다
계절을 타고
모여드는 시냇물

전복죽

할 일은 태산인데
어디메가 아프신가
계절이 바뀌시니
입맛 또한 잃으셨나
조금만 기다리시게
원기회복 시킴세

참전복 두어 마리
전복 껍질 우려내어
흰 속살 곱게 저며
불린 찹쌀 함께 볶아
물 붓고 은근히 저어
전복 내장 넣는다

마른 입 적셔 주듯
부드럽게 넘어가니
고소한 죽 한 그릇
보약 한 제 다름없네
흐느적 잃었던 기력
되돌리는 으뜸식

김장

가을을 펼쳐내며
한해를 마감하듯
한자리 모인 채소
월동을 위한 준비
한국의 음식 백일장
집집마다 큰 행사

혼자서 힘든 작업
온 가족 도와가며
배추 속 갖은 양념
웃음꽃 피는 마당
버무린 김치 한 통에
따뜻함을 담는다

겨우내 두고두고
익어 갈 우리 사랑
숙성될 비밀의 맛
그 누가 알게 될까
첫 개시 입안 속으로
몰려오는 감칠맛

귤 한 봉지

시커먼 비닐봉지
건네는 주름진 손
빛 고운 주황색 귤
살며시 미소 짓듯
명절을
어줍게 빌려
정을 나눈 수인사(修人事)

길 가다 마주치면
스치듯 묵례하고
잠깐씩 귀동냥에
하소연 나눴더니
덕담에
건강과 만복
받아 가란 어르신

별

무심코 올려다본 하늘에 떠 있는 별
아픔만 가지고 간 누구의 영혼인가
그대를 지키지 못해
글썽이는 아쉬움

하늘과 땅 사이의 유유한 거리만큼
은하수 사이 두고 아쉬운 만남이듯
꿈결의 반가운 해후
눈물 엮는 오작교

공허한 시간 틈에 잊은 채 살다가도
어둠에 온기 담아 전해 온 새벽 안부
별 빚은 영롱한 이슬
구슬처럼 빛난다

성장통

내 몸의 옹이같이
드러낸 가슴앓이

고통을 떨쳐 내듯
가을을 벗겨 낼까

새하얀
하나의 속살
아려 오는 바람결

계절을 담은 하늘
마음을 물들이고

우수수 떨어지는
생경한 생각 조각

힘겨운
상처의 흔적
아픔만큼 자랄까

나이테

우리가 알면서도
거두지 못하는 덫
부모가 살아왔던
일생을 되돌리듯
스스로 옭아맨 굴레
터벅터벅 걷는다

희비에 녹아들며
꿈꾸며 오른 정상
셰르파 없는 하산
기상의 변덕 앞에
희미한 좁은 길마저
안개 속에 갇힐까

빛바랜 사진 속의
오래된 세습들이
하얀 이 드러내며
손 내밀고 다가서듯
이정표 우뚝 선 자리
돌아보는 발자국

이부자리

하루일 웅얼웅얼 잠꼬대 받아 주듯
쉼터의 벤치 앉아 졸음에 겨운 걸까
식사 후 늘어지는 몸
무거워진 눈꺼풀

펼쳐진 자리 위로 지친 몸 갖다 대면
마주한 또 다른 벽 최면을 유도하듯
스르륵 감기는 두 눈
무의 경지 이른다

빛처럼 오래전에 시작한 걸음인데
아직도 넘어지면 다 품는 가슴처럼
닿으면 쓰라린 상처
자고 나면 아물까

근심을 벗어 놓고 大자로 누운 자리
밤공기 서늘하게 살갗을 타고 오면
당겨서 덮는 한자락
위로받듯 잠든다

산타클로스

온다는 기별 안고
애타게 기다린 날
눈 없어 갈 곳 잃은
어설픈 산타인 듯
추억 속 비 오는 거리
낯선 장소 불시착

수신자 어디 가고
혼자서 방황하나
도로명 빠른 인식
택배기사 산타인 양
위장한 선물의 공세
발신 찾아 떠돈다

캐럴도 숨이 죽고
트리도 빛을 잃듯
오늘의 들뜬 마음
내일도 그대롤까
사랑의 산타클로스
잊지 마요 타이밍

반구대 암각화

바다와 멀지 않은
태화강 상류 지역
반반한 병풍처럼
절벽에 새긴 그림
만 년 전
잠이 든 세상
짐작할 수 있을까

그물에 걸린 고기
작살에 꽂힌 고래
뭍짐승 사냥하며
진화한 주술문화
춤추며
다산과 풍요
기원하는 고대인

아관망명

원하지 않던 개방
개혁이라 포장해도
한반도 차지 위한
일제의 강제 침탈
역사의 진실 왜곡한
갑오왜란 재해석

경복궁 침공하고
을미왜변 조종하고
오도된 식민사관
언제부터 주입됐나
망국의 총체적 책임
왕에게만 있을까

목숨 건 궁궐 탈출
일본 향한 최대 반격
국제법 통용되는
국내의 망명정부
열강에 적극적 대응
대한제국 선포식

비망록

사람이 되기 위한
웅녀의 백일 고행
스스로 이겨 내어
인간으로 우뚝 섰듯
간절히 바라는 소망
인내하면 얻을까

무수한 사연들이
포말되어 흩어지듯
세월이 흘러가면
어떤 사건 기억될까
머릿속 각인된 이름
얼떨결에 찾는다

빛으로 재생되는
행적을 좇다 보면
새로운 혈류 되어
희망이 펄떡인다
심장에 꽂히는 활자
몰고 오는 폭풍우

매미

한여름 더위 피해
숨어든 나무 그늘
녹음 속 펼쳐지는
짜릿한 스타카토
놀라운 바람의 아들
자처하는 소리꾼

조용한 도시공원
늘어진 수양버들
축 처진 어깨 위로
열정적 세레나데
칠 년간 쌓아 온 내공
그대 찾는 공공칠

달콤한 수액 취해
도시 숲 달군 박자
사랑의 알찬 결실
씨앗처럼 흔적 남긴
울림의 눈부신 향연
아름다운 청춘가

비가 되어

가만히 바라보면
빗금 치는 검은 동공
빗소리 귓가 가득
출렁이는 파도 소리
기억의 수평선 너머
추억들이 떠돈다

별다른 말 없어도
견디어 온 시간만큼
심연의 깊은 바다
고요함에 빨려들 듯
자정(自淨)된 염분의 농도
때맞추어 오른 힘

빗방울 사이사이
가는 음성 들리는가
강 따라 굴러오며
닳고 닳은 몽돌마냥
천릿길 달려온 산야
비가 되어 적신다

홍시

잎 떨친 마른 가지
고결한 선비 모습

지켜 낸 곧은 절개
농익은 고운 때깔

동구 밖 산까치마저
탐하듯이 맴돈다

역풍에 떨어질까
악동의 손을 탈까

초겨울 노심초사
붉히는 고운 살결

말랑한 아가의 손등
터질 듯한 저녁놀

흔적

어릴 적 산과 들은
그 자리 그대론데
사람의 들고 남이
한 획 두 획 선을 긋고
산수화 풍경 속으로
사라지는 발자국

동쪽에 해가 솟듯
떠오른 무한의 꿈
중천에 올라서니
그림자냥 짧아지고
뗄래야 뗄 수 없는 끈
올이 되어 감긴다

한 생을 무던하게
살다간 님의 행적
구름에 가린 해가
강물 위 일렁이듯
뭇사람 가슴 언저리
윤슬 되어 흐른다

부드러움은 강함을 이기듯,
아름다운 서정(抒情)의 집 한 채
-한나라 시조집 『풀꽃 사랑』의 시세계

정유지
(문학평론가 · 한국시조문학진흥회 이사장)

1. 서정시조의 완결판, 따뜻함으로 차가운 세상을 품다

"대나무에는 아무리 물을 주고 볕을 쬐어도 성장하지 않는 시간
이 있는데, 이를 '모죽의 시간'이라고 한다. 대나무는 죽순이 시작되
기 전에 모죽(母竹)으로부터 뿌리를 내리고 넓히는 데만 2년에서 5년이
라는 시간을 보낸다. 사실은 성장을 위해 뿌리를 깊게 내리는 시간
으로, 이 기간이 지나면 대나무는 하루가 다르게 성장을 이룬다."

인용된 것은 '모죽의 시간'을 가리키는 말이다. 이 사실이 말해
주는 것은 잉여시간이라고 생각한 시간도 '어떻게 보내느냐?'에
따라 모죽의 시간일 수 있다는 것이다. 더 넓고 더 멀리 도약하는
힘을 발휘하려면 모죽의 시간이 필요할 것이다.

한나라 시인은 부산 출생으로, 시 전문 계간지 『시세계』 시 부
문 신인상을 통해 등단했다. 이어서 시조 전문지 『한국시조문학』

신인상에 당선되면서 정식으로 시조 부문에 첫발을 내디뎠다. 이어서 제4회 및 제5회 수안보온천시조문학상 본상을 수상하는 저력을 선보였다. 수안보온천시조문학상은 수안보 천년 온천수와 천년 겨레 시조와의 만남을 가능하게 만든 특화된 문학상이라 할 수 있다. 또한 제1회 한국시조문학상 본상을 수상하는 절정의 기량을 과시했다. 특히 제2회 독도문학상 대상을 수상하는 최고의 역량을 발휘하였다. 더불어서『독도 플래시 몹』제1집 및 제2집의 공동시집 발간에 참여하여 독도 수호뿐 아니라 대마도 및 간도 되찾기 펜 운동을 전개하는 등 대한민국 정체성을 회복하는데 기여해 오고 있다. 어디 그뿐인가. 시조 전문지『한국시조문학』제11호 〈이 작가를 주목한다〉 코너에 소개되었고, 종합문예지 계간『연인』제36호 및 제37호에 〈신작소시집〉에 상재되는 등 왕성한 문단 활동을 전개해 왔다. 한나라 시인은 시조집『풀꽃 사랑』이란 서정시조 미학의 결정판을 통해 '태화강을 지키는 시인'이란 닉네임까지 세상에 남겨 놓았다.

한나라 시인의 시적 세계는 크게 두 가지 경향을 보이고 있다.
첫째, 여성 특유의 섬세한 감성과 견고한 시적 내공으로 빚어내는 선명하고 독특한 서정시조의 미학을 구축하고 있을 뿐 아니라, '신서정주의(新抒情主義) 시조'라는 한국 현대시조의 새로운 지평마저 열고 있다. 부드러움은 강함을 이긴다. 따듯함은 얼음을 녹이고 봄을 부른다. 한나라 시인은 흔히 일상의 삶에서 느끼는 감정들을 새롭게 토로하고 있어 눈길을 끌고 있다. 정지용의「향수」이후 더 깊어진 상징성과 모더니즘을 곁들여 노래하고 있다.
둘째, 새로운 사회 인식의 캐릭터(Character)를 가지고 있다. 사회 현실을 다루되 과열스런 몸짓이나 독설이 아닌, 격조 높은 언어의 바벨탑에서 쏟아 내고 있는 시적 관찰력과 깊은 통찰력, 철학적 사유의 자세가 돋보인다. 또한 흐트러뜨리지 않고 굳건한 자기 미학이 결국 전통적 정서와 현대적인 감각을 접목시키는 문학적 경지까지 도달했다. 곳곳에 유지되고 있는 시적 구도나 달관의 경지 또한 발견할 수 있다. 달관은 자연친화적 수준까지 연결되고 문학의 진정성마저 구가하고 있다. 이는 창조적 상상력이란 거대한 에너지원을 가동하고 있기 때문에 가능한 것이다.

"따뜻한 말은 차가운 세상도 품는다. 그 따뜻함의 출발점은 서정성 깃든 수사적(修辭的) 언어에서 촉발된다."

무릇 말 속에는 칼과 같은 논리의 날카로움이 숨겨져 있고, 방패와 같은 문법의 정교한 법칙이 숨겨져 있으며, 꽃과 같은 수사(修辭)의 따뜻함이 숨겨져 있다. 불꽃 튀는 삶의 전쟁터에서는 칼과 방패가 필요하다. 그러나 전쟁이 끝난 그 이후에는 오랜 전쟁으로 인해 지친 피로나 공포심, 우울증을 품어 줄 꽃과 같은 수사의 향기가 더 필요하다. 논리와 문법은 인간이 이성적 존재임을 상징하는 시대의 학문이다. 그럼에도 영혼이 상실된 오늘날은 수사와 같은 감성적 접근이 효과적이다. 지금처럼 개인주의가 만연되고 문명의 이기에 물들어 세상이 삭막해질수록 상대방의 마음을 움직이는 따뜻한 말 한마디가 더 중요하다. 꽃의 아름다운 향기는 대중들의 마음을 움직여 닫힌 불통(不通)의 봉인을 풀게 만드는 열쇠로 작용한다. 추운 겨울보다 따뜻한 봄을 부르는 서정성 높은 수사의 힘에 대중들은 열광하고 환호한다. 이른바 수사의 부활 시대가 도래한 것이다. 시인은 그 속 깊은 수사의 언어를 지펴 시인 자신의 쉼터가 있는 태화강 대숲의 내면을 바라보고 있다. 시인의 속 깊은 시선은 「대숲의 비밀」에 주목한다.

죽순의 푸른 잎새
쭉 뻗어 오른 마디
잔잔한 하늘 위로
풍랑을 불러왔나
태화강 댓잎의 노래
폭풍 속의 정거장

아무도 몰라주는
성장의 아픔처럼
활시위 당겨지듯
팽팽한 전율 속의
설움에 겨운 흐느낌
땅속뿌리 뻗는다

들끓는 바람 따라
사라진 별빛 영혼
드리운 새벽 사이
햇살을 펼치고서
음이온 뿜어낸 세상
재생되는 에너지

　　　　　　　　　　　　　　－「대숲의 비밀」 전문

　　인용된 작품의 공간적 배경은 울산 중구에 있는 태화강 십리대
숲길이다. 십리대숲길을 '태화강 댓잎의 노래/폭풍 속의 정거장'이
라 했던가. 아무도 몰라주는 성장의 아픔, 모죽의 시간을 선보이
면서 활시위 당기듯 팽팽한 전율감마저 풀어내고 있다. 들끓는 바
람을 다스리며 어둠과 새벽 사이 햇살의 나래를 펼치면서 음이온

에너지를 재생시키듯 뿜어내는 새로운 세상으로 대숲의 비밀을 전해 주고 있다. 대나무의 속성은 내유외강(內柔外剛)의 수사적 캐릭터이다. 대나무는 겉으로는 강하게 보이나 속은 부드러움을 추구한다. 또한 대나무는 속이 다 비워 내는 곧은 절개를 상징한다. 척박한 땅에서도 살아남는 인내의 표상이다. 대나무의 줄기 사이사이로 솟아나 있는 테를 보며 시인은 거대한 에너지가 밀려옴을 직감한다. 백 사람이 모두 옳다고 말할 때 홀로 옳지 않다고 말할 수 있는 꼿꼿함도 표출한다. 이 테가 대나무를 곧고 꼿꼿하게 버티게 해 주는 원천인 것이다. 태화강 십리대숲길은 시인의 품성을 그대로 대변해 주고 있다. 전통적인 소재인 대나무를 현대적 시각으로 재조명하고 있는 신서정주의 시조의 확장된 시대정신을 확인할 수 있다. 대나무의 꽃말은 '지조, 인내, 절개'다. 대나무 꽃은 보통 60~120년 만에 한 번 피기 때문에 이 꽃처럼 귀하면서도 아픈 꽃이 없다. 대나무가 꽃을 피우게 되면 꽃이 진 뒤 말라죽는다는 신비의 꽃이다. 대밭에 한 그루가 꽃을 피우면 전염병처럼 꽃이 번지고, 대밭은 한 몸으로 말라죽는다. 당당하고 고결하게 살다 한순간 가진 것 모두 내려놓고 떠날 줄 아는 대숲의 모습은 아웅다웅 살아가는 우리의 삶에 또 하나의 경종을 보내고 있다. 아아, 대숲 사이사이 대나무 꽃의 은은한 향이 감돈다. 시인은 현대적 감성으로 「홈쇼핑」을 클릭하고 있다.

누워서 하는 선택
착한 가격 이쁜 상품
신제품 사용하면
앞서가는 사람 될까
생활 속 업그레이드
클릭하는 즐거움

밤낮도 구분 없이
날씨에 상관없이
돈 벌기 바쁜 세상
쓰기도 쉬운 세상
빈 가슴 채우는 물건
뜯지 않은 포장지

앉아서 하는 쇼핑
무감각 전성시대
틀 속에 갇힌 신상
쓰레기 따로 없다
현명한 소비의 극치
가뿐하게 기지개

−「홈쇼핑」 전문

  요즘 새롭게 생겨나는 시장들이 있다. 첫째, 인터넷을 통해 물건을 사고파는 인터넷 쇼핑이 있고, 둘째 텔레비전 방송을 보고 물건을 사는 홈쇼핑이 있다. 홈쇼핑(Home Shopping)은 시장이나 백화점에 직접 가지 않고 케이블 시스템을 이용하여 가정 내에서 상품을 구입하는 시스템을 말한다. 직접 외출하지 않고 집에서 백화점, 슈퍼마켓 등의 상품정보를 보고 물건을 사는 것이다. 통신판매, 텔레쇼핑, 지상(紙上)쇼핑 등 무점포 판매에 의한 쇼핑을 홈쇼핑이라 할 수 있다. 시장에 가지 않고도 물건을 고르고 살 수 있어서 아주 편리하다. 누워서도 물건을 살 수 있는 선택권을 가지고 있으면서 시대를 앞서가는 신상품을 클릭하는 즐거움을 보여 주고 있다. 시인은 돈 벌기 바쁜 세상인데 쓰기도 쉬운 세상임을 대변해 주고 있다. 홈쇼핑을 통해 바라보는 상품들이 빈 가슴을 채우는 물건이라도 실제로는 뜯지 않은 포장지에 불과하다. 물건을 파는 사람 역시 가게를 마련하지 않아도 되므로, 가게를 빌리는 돈만큼 물건을 싸게 팔 수 있다. 그러나 이러한 시장들을 이용할 때 불편한 점도 분명히 있다. 물건을 직접 볼 수 없기 때문에 제대로 만들어졌는지, 내게 어울리는지, 잘 맞는지를 미리 알 수가 없다. 시인은 '틀 속에 갇힌 신상/쓰레기 따로 없다'로 정리하고 있다. 마음이 혹해서 필요 없이 살 수도 있으므로 충동구매를 주의해야 할 것이다. 현명한 소비의 극치가 홈쇼핑임을 꼬집고 있다. 시인은 삶의 향기를 떠올리며 「풀꽃 사랑」을 노래한다.

세상에 태어나서
여러 번 피고 졌지
무심히 지나치듯
머물지 못한 눈길
풀섶에 가려진 얼굴
햇살 따라 떠날까

가을비 만나기 전
무성한 풀들 사이
온몸의 생채기들
부끄런 나의 생애
딱 하나 꽃피울 희망
그대 위한 기다림

가녀린 고개 숙여
가만히 눈 맞출 때
숨통이 멎을 듯한
황홀한 바람 한 점
가슴에 영혼을 담아
새겨지는 별 하나

-「풀꽃 사랑」 전문

풀꽃은 풀에 피는 꽃이다. 풀섶에 가려서인지 잘 눈에 띄질 않았는데, 햇살이 결곱게 내려온 날, 길가에 핀 작은 풀꽃들이 나이를 먹을수록 눈에 들어온다. 생긋생긋 웃고 있는 모습이 참으로 어여쁘게 보인다. 무성한 풀들 사이서 온몸의 생채기들을 자신의 부끄러움으로 느낄 줄 아는 작은 생애도 있다. 그럼에도 불구하고 가을비를 기다리는 희망의 꽃을 꿈꾼다. 아프다. 처연한 몸부림이 생생하게 전해진다. 누군가 간절히 그리워한 자일수록 심장이 멈출 것 같은 그리움의 황홀경을 경험한다. 가슴 한편을 바람에 내어주고, 그곳에 영혼을 담아 별 하나를 새기고 있는 것이다. 풀꽃이란 말은 소박한 느낌을 전해 주는 민초라고 할까. 시골스러움, 정겨움, 그리움의 단어가 금방 떠오르게 만든다. 도심 속 콘크리트 기둥 밑으로 풀꽃들이 땅의 속살처럼 터져 나와 소곤거리고 있다. 풀꽃으로, 한번 심으면 씨가 떨어져 해마다 그 자리에 나서 자라게 된다. 잘 보이지 않는 곳이지만 그곳에 꽃을 피우며, 환영과 축복을 그린 풀꽃처럼 작은 공간 속에서 꿈을 펼치는 풀꽃의 순결한 사랑이 가장 빛나 보이는 시대이다. 시인의 가슴은 「양파의 속정」을 감지한다.

흙 속의 기를 받아
커 가는 작은 우주
던져진 화두 두고
다다른 골목 끝에
닫힌 듯 열린 하얀 문
망설이며 섰는가

깊숙이 숨겨 놓은
알싸한 맛을 찾아

되묻고 되새기는
참선의 일과처럼
매서운 코끝의 조우
속내마저 아린다

특유의 매운맛이
눈물샘 자극해도
물오른 뽀얀 속살
아삭이 씹혀 오듯
익으면 달짝지근한
연정처럼 정겹다

－「양파의 속정」 전문

　인용된 작품에서 시인은 양파의 속정을 익으면 달짝지근한 연정처럼 정겹게 바라보고 있다. '현대인을 살리는 구세주'라고 불리지 않았던가. 양파를 '커 가는 작은 우주'라고 말하면서 '닫힌 듯 열린 하얀 문'이 있다고 역설하고 있다. 시인은 삶의 한계를 깊게 숨겨 놓은 알싸한 맛을 찾아 되묻고 되새기는 참선의 일과로 극복하고 있다. 매서운 세상살이 속에 아린 속내를 간직하고 있다. 특유의 매운맛 때문에 상대방의 눈물샘을 자극할지라도 물오른 뽀얀 속살로 상대방을 다독이는 과정을 그리고 있다. 이는 아삭하게 씹혀 줄 수 있는 자기희생을 통해 평강과 유익을 던져 주고 있는 존재감을 피력하고 있는 것이다. 양파는 현대인의 적인 콜레스테롤과 공해, 독을 녹여 없애 버리기 때문이다. 양파는 혈액을 깨끗이 해서 덩어리지는 것을 예방, 치료하기 때문에 모든 병을 예방하고 치료하는 효과를 발휘한다. 일반적으로 매력적인 사람을 양파 같은 사람으로 비유한다. 시인은 연정처럼 정거운 양파의 속정을 통해 그 매력을 찾아내고 있다. 시인은 충주 수안보온천에 대한 남다른 애정을 가지고 있다. 「가을 수안보」에서 이를 확인할 수 있다.

충주호 벗을 삼아
미륵사 넘는 장끼
번지는 달빛 풀어
산천을 수놓듯이
석문천
퍼지는 온기
피어나는 안개꽃

살갗을 파고드는
찬바람 거세지면
온몸을 감싸 안고
닫힌 맘 열던 자리
회색빛
하늘을 향해
솟아나는 용천수

-「가을 수안보」 전문

충주호를 벗삼아 미륵사 넘는 장끼의 모습이 매우 드라마틱 (Dramatic)하고 환상적 분위기를 던져 주고 있다. 전통적 한국 정서를 미학적으로 잘 압축하고 있는 가운데, 첫 수 중장에서 '번지는 달빛 풀어 산천을 수놓듯이'와 시적 표현은 범상치 않은 문학적 경지를 감지하게 만든다. 수안보의 가장 큰 장점은 온천수인데, 그 장점을 시조의 그릇 안에 녹일 뿐 아니라 시적 육화(肉化)의 단계를 거치고 있는 작품임을 확인할 수 있다. 격조 높은 시조의 감칠맛을 선보이고 있으면서, 문학적 소재인 '수안보온천'의 역사적 아이덴티티(Identity)를 확보하고 있다는 측면에서 극찬을 받을 만한 자격이 충분하다고 판단된다. 서정적 모습으로 자리잡은 수

133

안보의 가을을 주된 아이콘으로 삼고 있으면서 아울러 현실인식과 수안보 온천수에서 톡톡 발산하는 감동의 카타르시스(Catharsis)가 길 잃은 양들을 불러모으는 치유 문학 역할을 톡톡히 해내고 있다. 53℃의 온천수에서 발현된 용천수로 어둠 속에서 방황하는 이들에게 평안과 안식의 메시지를 낳고 있다. 이 같은 시적 자세는 시조의 문학적 위상을 한 차원 높일 뿐 아니라, '시대의 공통분모를 공유하고 공감하는 문학'과 일맥상통하고 있음을 보여 주고 있는 것이다. 수안보온천은 얼음처럼 차가운 마음의 소유자들도 품는다. 그 힘의 출발선은 치유의 시적 언어에서 비롯된다. 수안보 온천은 무색(無色), 무취(無臭), 무미(無味), 투명함을 생명으로 하고 있다. 물에 포함된 각종 성분은 피부와 생리작용, 세포조절 등의 효능도 가지고 있다. 수안보 온천수야말로 잃어버린 건강을 찾게 만드는 최고의 생명수이다. 세계적 수질을 자랑하는 수안보 온천수는 조선 시대 한양으로 과거 보러 문경새재를 넘어가는 선비들의 유일한 오아시스였다. 왕의 온천에서 왕의 좋은 기운을 받아 장원급제의 꿈을 꾸게 만든 온천욕의 하이라이트였다. 또한 '검은 까마귀, 흰 까마귀 된다.'는 말처럼, 과거 보러 가는 선비들이 문경새재를 넘어오면서 흰 도포자락이 까맣게 변할 만큼 심신 모두 극도로 피곤한 상태에 도달했을 때, 이곳 수안보온천에서 온몸으로 맛보는 왕의 온천수야말로 힘든 여정을 눈 녹듯 녹아내리게 만드는 가얏고와 같은 풍류 역시 지니고 있다. 풍류를 유발시키는 수안보 온천수는 일명 가얏고 온천수이다. 수안보온천 속의 물방울을 현 삼아, 천년 동안 끓어오르는 고고한 전통의 멋과 가락을 타고 있는 것이다.

2. 지상에서 가장 아름다운 사랑의 메시지, 상상력의 염전을 완성시키다

'매한불매향(梅寒不賣香)'이란 '매화는 아무리 추워도 제 향기를 값싸게 팔지 않는다.'는 뜻이다. 매화는 눈바람 속에서 살아남아 제일 먼저 꽃망울을 틔워 봄이 왔음을 알리는 봄의 전령사이다. 겨울이 채 가시기도 전에 자신의 향기를 발산하며 꽃을 피우기 때문이다. 세속 도시의 티끌 한 점이 없는 맑고 고운 마음과 더러운 풍속에 굴하지 않는 절개를 상징하는 꽃이다. 조선 중기 문장가인 상촌 신흠(1566~1628)의 『야언(野言)』에는 '오동나무는 천년을 늙어도 항상 거문고의 가락을 간직하고(桐千年老恒藏曲)', '매화는 한평생을 춥게 살아가더라도 결코 그 향기를 팔아 안락을 추구하지 않는다(梅一生寒不買香)'라는 글이 실려 있다. 어떤 역경이 닥치더라도 좌절하지 않고 버티는 참 용기만 있더라도 그 향기는 반드시 천리를 갈 것이라는 내용이다. 추위 속에서도 오히려 맑은 향을 주변에 퍼뜨리는 굳센 모습 자체에서 시대의 외풍에도 굽히지 않고 불의와 타협하지 않으려는 시인의 기개 또한 엿보인다. 혹독한 추위를 이겨 내고 피는 매화의 청빈함을, 눈 속에서도 몰래 풍기는 매화의 훈훈한 향을 시심의 그릇 안에 되살리는 한나라 시인의 『풀꽃 사랑』을 만날 수 있었다.

한나라 시인은 지상에서 가장 강렬한 매화 향기를 남기는 존재다. 매화 향기가 전하고 있는 말은 마음의 소리이다. 즉, '언위심성(言爲心聲)'이다. 가령, 한자의 품(品)을 확인하니 그 구조가 흥미진진하다. 입 구(口)가 세 개 모여서 이루어져 있음을 알 수 있다. 말이 세 번 정도 쌓여야 한 인간의 품성이 된다는 것이다. 내가 무심코 던졌던 돌에 개구리가 죽는다고 하듯, 내가 무심코 뱉은 말에 상대방은 풀이 죽을 수 있으며, 때론 힘이 솟는 희망의 잣대가 된다. 뛰어난 언변과 눈이 부신 수사적 화법으로 인간의 근원적 향기를 감출 수 있을 수 있으나, 언어가 남기는 많은 흔적과 체취, 인간의 심장에서 비롯된 향기는 내가 평소 구사한 말에서 신뢰의 나이테로, 지울 수 없다. 품격을 의미하는 품(品)은 입 구(口)가 세 개 모여야 가능하고, 말을 의미하는 언(言)은 두 번(二) 생각한 다음에 천천히 입(口)을 열어야 말이 된다는 뜻이다. 말에도 품격이 있다는 언품(言品)이 된다. 상대방 말을 잘 들어야 마음을 얻는다고 한다. 말이 적을수록 번뇌와 같은 근심도 자연히 작아지고, 상대의 가슴을 파고드는 큰 말 속에는 감동의 큰 힘이 존재한다. 경청과 묵언 수행, 소통의 중요함을 의미한다. 아울러 언어에도 고유의 온도가 있다. 말 속에 화로의 따뜻함이 담겨진 온도, 감동이 제거된 보통 수준의 사무적 온도, 얼음처럼 차가운 느낌 전하는 온도는 표정, 말투, 고저, 진정성 등에서 형성된다. 바다는 모든 내와 강들을 받아들이기 때문에 크다고 한다. 시인은 상대 약점들을 찌르는 말보다 오히려 약점을 품고 품어서 통섭과 포용이라는 따뜻한 온도의 궤적을 통해 소통의 흐름이 살아 있는 거대한 바다를 그려 내고 있다. 시인은 「사랑의 저울」을 보며 활짝 미소 짓는다.

얼마나 흔들려야
방황을 멈출 건가
깃발을 나부끼는
미세한 바람의 손
바다 위 작은 돛단배
아슬아슬 떠 있다

근심을 담은 얼굴
가슴은 천근만근
잠깐의 너털웃음

평정심 깃을 틀 듯
애정은 눈빛 하나로
시작되는 저울질

상황에 따른 변화
기울기 여러 차례
더하고 덜어내며
수평선 찾는 타협
올려진 중심추 하나
그대 향한 내 마음

-「사랑의 저울」 전문

  친구 사이, 가족 간에, 이웃 간에 서로가 보이지 않는 사랑의 저울을 저마다 지니고 있다. 사랑의 저울이란 사랑의 균형을 의미한다. 어느 한쪽이 무거워지면 어느 한쪽은 가벼워지게 된다. 상대방에 대한 배려를 비롯해서 따스한 관심과 격려를 말뿐이 아닌 습관적 행위로 실천할 수 있어야 사랑은 균형을 이룰 수 있다. 사랑의 무게중심이 어느 한 사람에게 치우쳐지지 않았는지 서로가 확인할 필요가 있다. 진정한 사랑은 무거워질 수 있는 나의 사랑을 상대에게 내어주는 것이다. 더 나아가 부부지간에도 사랑의 저울이 각자의 마음속에 살아 숨 쉬고 있다. 부부는 무촌이다. 서로 촌수로 따질 수 없고 소통의 속도가 가장 빠른 관계이다. 물질처럼 소유할 수는 없지만 정신적 · 육체적으로 공통분모를 공감하고 공유한다. 서로 신뢰를 쌓아 삶의 가치를 구현하고 시 · 공간을 초월하는 매우 특별한 관계다. 독특한 협업 아이콘(Icon)의 특성을 지닌 동반자의 관계다. 서로 사랑하는 남녀의 관계도 마찬가지다. 기독교 신앙에서도 '사랑의 저울은 수평이다'라고 마가복음 12장에서 암시한 바 있다. 저울은 물건의 무게를 측정하는 데 쓰이는 기구를 통틀어 이르는 말이다. 그런데 시인은 사랑의 저울을 등장시킨다. 사랑의 관계성을 형성하는 서로의 경우, '사랑의 무게중심을 잃으면 한순간 무너지는 한계성'을 시인은 일갈하고 있는 것이다. '바다 위 작은 돛단배/아슬아슬 떠 있다', '애정은 눈빛 하나로/시작되는 저울질', '올려진 중심추 하나/그대 향한 내 마음'이란 고운 시어들을 발화시킨 세수의 각 종장 표현들은 놀라울 뿐이다. 사랑이란 테마로 이토록 아름답고 서정적으로 표현한 시인을 지금껏 본 적이 없다. 시인은 산모의 산후 명약이라 할 수 있는 「늙은 호박」에 천착한다.

이슬로 목욕하고
줄기로 그네 탄다

흙 속에 맡긴 뿌리
눈감고 단전호흡

누렇게 떠가는 얼굴
노심초사하는가

단단한 껍질 안에
살굿빛 옅은 향기

엉킨 듯 맺힌 씨앗
조용히 눈을 뜨면

여름내 참았던 말문
쏟아내는 사연들

－「늙은 호박」 전문

138

시인은 늙은 호박을 소탈한 시적 대상으로 재탄생시키고 있다. 이슬로 목욕한다는 범상치 않은 시어를 시작으로 내공을 키우는 단전호흡과 이 시대 부모들이 자식 걱정으로 노심초사하는 단면까지 읊고 있다. 단단한 삶의 껍질 안의 옅은 향기도 담아내고 있다. 호박꽃을 통해 참았던 말문을 쏟아 내고 있다. 정말 이처럼 순수하고 맑은 시조가 세상에 어디 있을까. 경탄을 자아낼 뿐이다. 일반적으로 늙은 호박은 한식에서 사용하는 재료로, 늙어서 겉이 굳고 씨가 잘 여문 호박을 지칭한다. 맷돌호박으로도 불리기도 한다. 동양계 겨울 호박으로, 봄에 심어 가을에 수확한다. 늙은 호박도 꽃이 핀다. 호박꽃의 꽃말은 '사랑의 치유, 포용, 관대함, 해독'이다. 호박꽃은 호박 덩굴에 피는 꽃이다. 오렌지빛의 큰 통꽃으로 수꽃과 암꽃이 있다. 호박이 조그마하게 달린 채 호박꽃이 피면 참으로 화려하고 예뻐서 매력적인 자태를 느낄 수 있다. 그래서 벌들이 앞다투어 날아든다. 호박의 효능은 오장을 편하게 하고, 독이 없으며, 눈을 밝게 하고, 산후 혈전통을 낫게 하며, 피부 개선에 탁월하다. 시인은 지난날을 회상하며 「나이테」에 잠시 머물고 있다.

우리가 알면서도
거두지 못하는 덫
부모가 살아왔던
일생을 되돌리듯
스스로 옭아맨 굴레
터벅터벅 걷는다

희비에 녹아들며
꿈꾸며 오른 정상
셰르파 없는 하산

기상의 변덕 앞에
희미한 좁은 길마저
안개 속에 갇힐까

빛바랜 사진 속의
오래된 세습들이
하얀 이 드러내며
손 내밀고 다가서듯
이정표 우뚝 선 자리
돌아보는 발자국

-「나이테」 전문

히말라야산맥에 위치한 세계 최고봉들의 정상에 오른 산악인이라면 누구나 환호하게 된다. 스스로를 이겼다는 황홀감에 도취되고 나아가 대자연의 경외감마저 느끼게 된다. 그런데 시인의 시적 설정처럼 셰르파(Sherpa)를 동반하지 않은 하산은 각종 위험이 도사리고 있다. 셰르파는 티베트 용어로써 '동쪽 사람'이란 뜻으로 쓰인다. 네팔 등 에베레스트 고원지대에 살면서 등반가들에게 현지 지형과 기후 등을 조언하여 등정을 돕는 중요한 역할을 하고 히말라야산맥의 짐꾼으로 유명하다. 시인은 빛바랜 사진 속에 바라보며 회상에 잠겨 있다. 하산하며 찍힌 발자국들을 돌아보며 새로운 이정표를 진술하고 있다. 시인은 삶의 이정표를 나이테로 동일시하고 있다. 나이테는 나무줄기를 가로로 잘랐을 때 나타나는 둥근 띠 모양의 무늬다. 나이테는 숲속 나무의 살아온 과거이면서 블랙박스이다. 나이테는 생장 기간 동안 재(材)라고 하는 물관 부위가 두꺼워져서 만들어진다. 생장 기간은 보통 1년이며, 해마다 만들어지므로 연륜(年輪)이라 부른다. 나무도 연륜이 있듯 인생도 연륜이 있다. 시인은 젊은 시절 정상에 올랐던 순간들을 기억의 연류으로 재생시켜 보고, 또 수레바퀴 테를 늘려 보면서, 인생 어느한 칸에 삶의 이정표를 남기고 있는 것이다. 한편 시인은 국가 정체성이 담겨 있는 「독도」를 주목한다.

하늘을 지붕 삼고
바다를 이불 삼아
동해에 뜨는 태양
달려가 마중하듯
눈 비벼 분주한 아침
희망으로 감쌀까

태평양 바라보며
꿈꾸는 푸른 항해
격랑의 파도 소리
은은히 잠재우고
당당한 만선의 깃발
반겨 주는 수호신

심오한 망망대해
열정의 마도로스
커다란 바다 품은
눈부신 수부인가
어깨 위 갈매기 앉아
편지 한 장 읊는다

−「독도」 전문

일본이 공개한 〈삼국접양지도〉, 1785년 일본인 하야시 시혜이(林子平)가 제작한 지도(붙어판)에도 독도가 조선의 영토라는 점을 알리고 있다. 바로 그 지도에 독도를 분명 조선의 영토로 표기하고 있다.

최근엔 이런 사실들을 뒷받침하는 증거들이 수없이 발견되고 있다. 특히 독도와 울릉도, 대마도의 국가 표시를 조선 본토와 같은 황색으로 표기해 이 모든 섬들이 조선령이라는 사실 또한 입증해 주고 있다. 1830년 일본이 제작한 〈조선국도〉에도 독도는 조선 영토인 것으로 나타나 스스로 사실을 인정했다. 국제공인 지도에도 독도는 조선 영토임이 그려져 있지만 일본은 이를 강하게 부인하고 있다. 최근 일본 본토에서도 독도를 교과서에 일본 영토라고 자국민들에게 전달하고 있다. 우리가 실효지배하고 있는 독도를 일본이 자국의 영토라고 주장하고 있는 그 배경에는 일본이 현재 실효지배하고 있는 대마도를 한국에 돌려주지 않으려는데 숨은 의도가 존재한다. 일본의 한국 정부를 향한 혼란전술의 일환으로 보여진다. 1870년대 강제적으로 점령한 조선령 대마도는 1945년 7월 26일 포츠담선언을 근거로 반드시 일본이 한국 정부에 반환해야 할 영토임에도 불구하고 이를 철저히 은폐하려는 속셈으로 해석된다. 한나라 시인은 비영리단체 한국독도문인협회를 탄생시킨 장본인 중의 한 명이다. 정부가 공식적으로 주장할 수 없는 독도 수호로부터 대마도 찾기, 간도 찾기 펜(Pen) 운동을 전개해 온 우리 시대 살아 있는 지성이다. 펜으로 대한민국을 지키겠다고 나선 영웅 중의 한 명이다. 대한민국 정부는 국가 정체성 회복을 위해 앞장서는 한나라 같은 시인에게 문화예술훈장을 줘야 마땅할 것이다. 문화예술 선진국은 다른 나라가 아닌 우리 스스로 만드는 것이다. 한나라 시인은 순수하고 해맑은 영혼을 지닌 아름다운 시인이다. 영혼의 여신이다. 시인은 바다의 축소판 「소금」을 맛본다.

> 몸 낮춰 흐르는 건
> 물뿐만 아니란다

햇살을 녹여내고
바람을 우려내듯

염전의
오랜 기다림
바다 빚은 알갱이

가냘픈 혈관 타고
흐르는 수분에도

속 깊은 사랑 농도
언제나 필요하듯

짜릿한
인생의 짠맛
풀어내는 결정체

-「소금」 전문

파도는 바람을 타고 논다. 파도와 바람은 절대적 공동운명체
인 셈이다. 마치 풍차처럼 말의 혁명을 돌리고 있는 파도는 바람
의 날개를 달고 영원히 죽지 않는 영혼의 소리를 낳는다. 그 소리
의 꽃을 하얗게 피워 올렸던 파도 역시 연어의 생애처럼 갯벌 위의
하얀 흔적 즉 소금꽃으로 사라진다. 그 사라짐은 소멸이 아니다.
그러한 소금꽃이 염전(鹽田)에 쌓여서 다시 부활하는 바다의 신고식
을 치른다. 한나라 시인의 소금 창고는 특별하다. 천연사이다의
시원한 속삭임처럼 쏟아지는 액체와 같이 활달하고 선명한 시적
언어가 전부인 것 같지만 최종에는 정제되고 절제된 거대한 상상
력의 염전을 경작하고 있다. 굳고 단단하며 맛 또한 정갈한 천일
염 시어를 빚어내고 있다. '고로청향(古爐淸香)'이란 말처럼 오랜 세월

이 흐른 향로라 하더라도 그 안에서 피어오르는 향기는 늘 맑고 그윽하다. 한나라 시인에게 있어 그녀만의 소금 창고는 휴머니티 (Humanity)로 가득 찬 부드러운 서정의 기포를 툭툭 쏘아 올리는 진앙지이다. 행간마다 새로운 깨달음을 던져 주는 언어의 천연 미네랄을 생성시키고 있다. 아울러 인간의 육체로 파고드는 절대 고독과 그리움을 근간으로 탄생시킨 서정(抒情)의 바다를 축조해 내고 있었다. 현실 속에서 표출된 인간의 한계상황을 극복하며 육화(肉化)된 시적 세계가 기본 골격으로 자리잡고 있다. 바다를 근간으로 탄생된 소금은 무한 사랑의 결정체이다. 작렬하는 태양과 뜨거운 염전 위에서, 세찬 바람을 견뎌내며 빚어낸 오랜 기다림의 대명사이다. 액체에서 고체로의 대변신을 실현한 상전벽해(桑田碧海)의 결정판이다. 한나라 시인이 노래한 '사랑의 농도' 속에 상전벽해를 가능하게 만든 그 바탕에는 동해바다의 바람을 온몸으로 받아들일 줄 아는 시적 상상력의 풍차를 가동시켰기 때문이다.

이 시대는 대결과 경쟁구도 속에서 추락과 비상의 길이 혼재하고 있다. 한나라 시인의 『풀꽃 사랑』의 시조집에서 세상 사람들의 마음을 움직이게 만드는 따뜻한 수사의 거대한 시적 미학이 발견되고 있다. 그 수사의 시적 미학은 가슴 메마른 대중들에게 따뜻함 깃든 서정(抒情)의 집 한 채를 선물하고 있는 것이다.

부드러움은 강함을 이기듯, 아름다운 서정(抒情)의 집 한 채

한나라 시인의 시적 세계는 크게 두 가지 경향을 보이고 있다.
첫째, 여성 특유의 섬세한 감성과 견고한 시적 내공으로 빚어내는 선명하고 독특한 서정시조의 미학을 구축하고 있을 뿐 아니라, '신서정주의(新抒情主義) 시조'라는 한국 현대시조의 새로운 지평마저 열고 있다. 부드러움은 강함을 이긴다. 따뜻함은 얼음을 녹이고 봄을 부른다. 한나라 시인은 흔히 일상의 삶에서 느끼는 감정들을 새롭게 토로하고 있어 눈길을 끌고 있다. 정지용의 「향수」 이후 더 깊어진 상징성과 모더니즘을 곁들여 노래하고 있다.
둘째, 새로운 사회 인식의 캐릭터(Character)를 가지고 있다. 사회현실을 다루되 과열스런 몸짓이나 독설이 아닌, 격조 높은 언어의 바벨탑에서 쏟아 내고 있는 시적 관찰력과 깊은 통찰력, 철학적 사유의 자세가 돋보인다. 또한 흐트러뜨리지 않고 굳건한 자기 미학이 결국 전통적 정서와 현대적인 감각을 접목시키는 문학적 경지까지 도달했다. 곳곳에 유지되고 있는 시적 구도나 달관의 경지 또한 발견할 수 있다. 달관은 자연친화적 수준까지 연결되고 문학의 진정성마저 구가하고 있다. 이는 창조적 상상력이란 거대한 에너지원을 가동하고 있기 때문에 가능한 것이다.

_정유지(문학평론가 · 한국시조문학진흥회 이사장)

값 10,000원

03810

9 788962 532111

ISBN 978-89-6253-211-1